國家圖書館出版品預行編目資料

春天的短歌／向陽著；何華仁繪.－－初版二刷.－－
臺北市：三民，2010
面； 公分.－－(兒童文學叢書.小詩人系列)

ISBN 978-957-14-3583-1 (精裝)

859.8 91000638

著作人	向 陽
繪圖者	何華仁
發行人	劉振強
著作財產權人	三民書局股份有限公司
發行所	三民書局股份有限公司
	地址 臺北市復興北路386號
	電話 (02)25006600
	郵撥帳號 0009998-5
門市部	(復北店) 臺北市復興北路386號
	(重南店) 臺北市重慶南路一段61號
出版日期	初版一刷 2002年2月
	初版二刷 2010年9月
編號	S 856011

行政院新聞局登記證局版臺業字第〇二〇〇號

ISBN 978-957-14-3583-1 (精裝)

http://www.sanmin.com.tw 三民網路書店

兒童文學叢書
・小詩人系列・

春天的短歌

向　陽／著
何華仁／繪

三民書局

詩心・童心
——出版的話

可曾想過，平日孩子最常說的話是什麼？

「媽！我今天中午要吃麥當勞哦！」「可不可以幫我買電視上廣告的那種電動玩具！」「我好想要百貨公司裡的那個洋娃娃！」

乍聽之下，好像孩子天生就是來討債的。然而，仔細想想，這些話的背後，絕不只是貪吃、好玩而已；其實每一個要求，都蘊藏著孩子心中追求的夢想——嚮往像童話故事中的公主般美麗、令人喜愛；嚮往像金剛戰神般的勇猛、無敵。

為了滿足孩子的願望，身為父母的只好竭盡所能的購買，但孩子們總是喜新厭舊，剛買的玩具，馬上又堆在架子上蒙塵了。為什麼呢？因為物質的給予終究有限，只有激發孩子源源不絕的創造力，才能使他們受用無窮。「給他一條魚，不如給他一根釣桿」，愛他，不是給他什麼，而是教他如何自己尋求！

事實上，在每個小腦袋裡，都潛藏著無垠的想像力與無窮的爆發力。大人常會被孩子們千奇百怪的問題問得啞口無言；也常會因孩子們出奇不意的想法而啞然失笑；但這種不規則的邏輯卻是他們認識這個世界的最好方式。而詩歌中活潑的語言、奔放的想像空間，應是最能貼近他們跳躍的思考頻率了！

於是，我們出版了這套童詩，邀請國內外名詩人、畫家將孩子們天馬行空的想像，熔鑄成篇篇詩句；將孩子們的瑰麗夢想，彩繪成繽紛圖畫。詩中，沒有深奧的道理，只有再平常不過的周遭事物；沒有諄諄的說教，只有充滿驚喜的體驗。因為我們相信，能體會生活，方能創造生活，而詩的語言，也該是生活的語言。

每個孩子都是天生的詩人，每顆詩心也都孕育著無數的童心。就讓這些詩句在孩子的心中埋下想像的種子，伴隨著他們的夢想一同成長吧！

作者的話

這是我為臺灣兒童寫的第三本童詩集，從一九九七年由三民書局出版《我的夢夢見我在夢中作夢》以來，五年過去了，這段時間中，我另外出版了我的第一本臺語童詩集《鏡內底的囝仔》，加上這本《春天的短歌》，剛好三本。五年寫三本，不多也不少。中年寫童詩，重溫兒時的夢，體會當代孩童的心，給了我相當多愉快而美麗的感覺。

這與現代詩的書寫有相同、也有相異。相同的是，詩，無論為大人或為孩童而寫，都需要想像力，寫詩的愉快也來自於此。因為有想像力，彷如心靈掛著翅膀，可以盡情翱翔在想像的世界中，為他人而歌，也歌唱自己的夢。想像使心靈年輕，因此不致老去；相異的是，現代詩和童詩的語言畢竟不同，現代詩語言求其喻依轉折，隱而欲彰，童詩則宜其明暢，用淺白通曉的童語表達想像，畫面和節奏、韻律，都需要照顧青少年的閱讀。現代詩看來難寫，其實反而更能縱容寫作者的語言風格；童詩表面上好寫，實質上則是限制重重，無時無刻都得在簡易明白中表現豐富內涵。習慣現代詩書寫的我，為這三本童詩集花了相當多的精神和時間。

收入這本詩集中的二十篇童詩，因此也就是一個中年叔叔伯伯向小朋友「牙牙學語」的習作。我已盡力讓自己回到童年，進入一種清純的境界，學著體會當代孩童的想法和想像方式，來創作這二十首詩。我非常希望，手上捧著這本詩集的孩童，在閱讀過程中感到愉快。

向陽

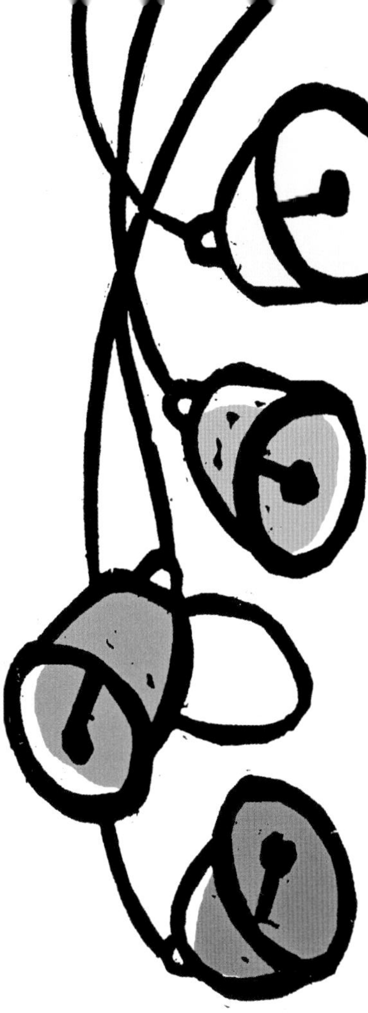

作為我的第三本童詩集，我也希望《春天的短歌》表現出另一種書寫風格和閱讀趣味。

這本詩集中，放進了一些圖像表現的詩，如〈說給雨聽的話〉、〈夢的筆記〉、〈囚〉和〈排隊的樹〉等作品，透過標點、圖符和文字表現出圖像的趣味；其次，是聲音的模擬，如〈風聲〉、〈落葉〉、〈秋天的聲音〉，企圖把我們日常聽到的聲音帶進詩中，聲音無所不在，只要我們傾聽，這些詩是我童年時代曾經感應過的聲音；第三，我也嘗試童詩與兒歌的結合，如〈春天的短歌〉、〈營火〉、〈雨落在街道上〉、〈臺灣的孩子〉和〈迎接〉等作品，情境不同，但都可以吟誦歌唱，讀到這些詩時，我建議你面對著河流、高山或者在公園中大聲朗誦。最後，是一些介於童詩和現代詩之間的作品，如〈花〉、〈溪中的巨石〉、〈遺忘〉、〈冬的祈禱詞〉等，這些作品是大人小孩都可能產生的圖像和想像，詩的寫作技巧運用了比較繁複的象徵手法，盼望帶給你詩的新奇和驚喜。

好友何華仁特別為這本童詩集作畫，三民書局的編輯同仁為這本小書費心，都要一併感謝。當然，最感謝的，是手上正翻讀這本詩集的你。

目次

春天的短歌

春天的短歌

我想為春天
寫一首短歌
託蝴蝶帶給玉蘭花
請蜂鳥唱給潺潺小河

我想為春天寫
一首短歌
把音符寫在雲的紙帛
讓南風輕輕唱和

我想為春天寫一首
短歌
在陽光吻遍的原野上
隨著小路傳到世界盡頭

春天一到，天地萬物欣欣向榮，
連人的心情也一樣。
這首詩寫的就是這種愉快的心情。
你一定也有春天的希望，
把它寫下來吧！

說給雨聽的話

在灰暗的天空畫布上
你想為我畫些什麼？
⋯
⋯
⋯⋯
一點一點，一滴一滴
不停擺動的你的手會不會瘦啊！
在黑色的雲層隙縫中
你想向我說些什麼？
！！！
！！！
！！！！

一聲一聲，一句一句
不停喊叫的你的喉嚨會不會痛啊！

在靜謐的下午窗子外
你想要我幫你做些什麼？

※※※

※※※

※※※※

一遍一遍，一陣一陣
不停靠著窗的你的臉會不會冷啊！

下雨的時候，
雨好像也有很多話要說喔！
這首詩用「・・・」、
「！！！」、「※※」的符號，
具象化了雨的不同形象，
是不是很有趣呢！

夢的筆記

夢見 ⚷
夢見 ✉
夢見 ✔
夢見 ☎
夢見 ✿

好奇怪的夢

⚷ 在我的作業上寫滿了字
✉ 從我的書包中探出頭來
✔ 在我的日記上跳探戈
☎ 從我的書桌前溜走了
✿ 在我的衣服上綻開著

好難懂的夢

夢見✒寫了一封✉

夢見✉畫了很多✔

夢見✔搖了一通☎

夢見☎開了一朵❀

夢見❀變成一隻✒

作夢的時候你都夢見什麼？
夢見✒、✉、✔、☎、❀，
這樣的夢好奇怪，
用詩來表現，
讓這些圖像取代我們習慣的文字，
夢的感覺就更加強化了。

皮皮和多多

皮皮是我家的貓
一隻被媽媽撿回來的流浪貓
多多是我家的狗
一隻不知為什麼流浪到我家的狗

皮皮先來我家
每天尊貴地蹲坐在窗前
看著窗外的世界
喵喵，不知牠想些什麼

多多後來我家
每天活潑地上樓下樓
搖著尾巴跑來跑去
汪汪，不知牠要些什麼

皮皮和多多
喵喵和汪汪
一個總是靜靜地坐著
一個老是匆匆地跑著
活潑的多多後來因病匆匆走了
留下恬靜的皮皮繼續坐在窗口
喵喵，那叫牠想念的
汪汪，走了

皮皮是一隻貓，多多是一隻狗，
皮皮和多多的故事，發生在一個家庭之中，
牠們之間語言雖然不通，但相處久了，
喵喵和汪汪的叫聲還是可以有些交集。
這首詩寫人和寵物之間的感情超乎語言之外。

布袋戲偶

爸爸說你是布袋戲偶
早年臺灣鄉下，迎神廟會中
你是他心中最偉大的英雄
在雄偉的戲臺上
金光沖沖滾的你
殲滅了無惡不作的壞蛋

現在你躺著，全身鬆軟
躺在爸爸書房的抽屜裡
迎神廟會的炮火已經遠離
金光沖沖滾的你
看起來毫無生氣

讓我拯救你吧
看我把右手穿入你的身體中
擺頭、動手、邁開雙腳
金光沖沖滾的
分不清是你還是我
分不清誰是
爸爸最崇拜的布袋戲偶

布袋戲是臺灣的民俗戲劇之一，廣受歡迎。
這首詩寫「爸爸」、「我」和布袋戲之間的感情，
也寫父子之間的親情。相信你和爸爸之間
也有共同的偶像或話題吧，不妨把它寫出來。

花

在潔白的紙上寫下
花
整個春天就醒過來了

紫荊、薔薇、玉蘭、玫瑰
各色各樣的花
以及向日葵
都在潔白的紙上
綻放了開來

在寧靜的心中寫下
想念
你的名字就響起來了

眉毛、眼睛、鼻子、嘴唇
無時無刻的想念
以及你的身影
都在寧靜的心中
蕩漾了開來

花是春天的象徵，
也是希望的開始。
花，還象徵友情或愛情，
送一朵花給你的朋友，
代表你對他的心意，
傳遞友善或喜愛，
人間的溫情就像春天一樣醒過來。

營火

熊熊的火光
照耀著你我
在暗黑的廣場上
唱亮了我們年輕的歌

熊熊的火光
溫暖著你我
在寒涼的夜色裡
燃燒著我們青春的熱

熊熊的火光
為我們唱亮年輕的歌
熊熊的火光
為我們燃燒青春的熱

有沒有過露營的經驗？
露營時最好玩、
也最令人感到溫馨的，
莫過於營火點燃之際，
大家圍著營火唱歌、跳舞，
放掉一切煩惱憂愁，其樂融融，
這就是青春的可貴。

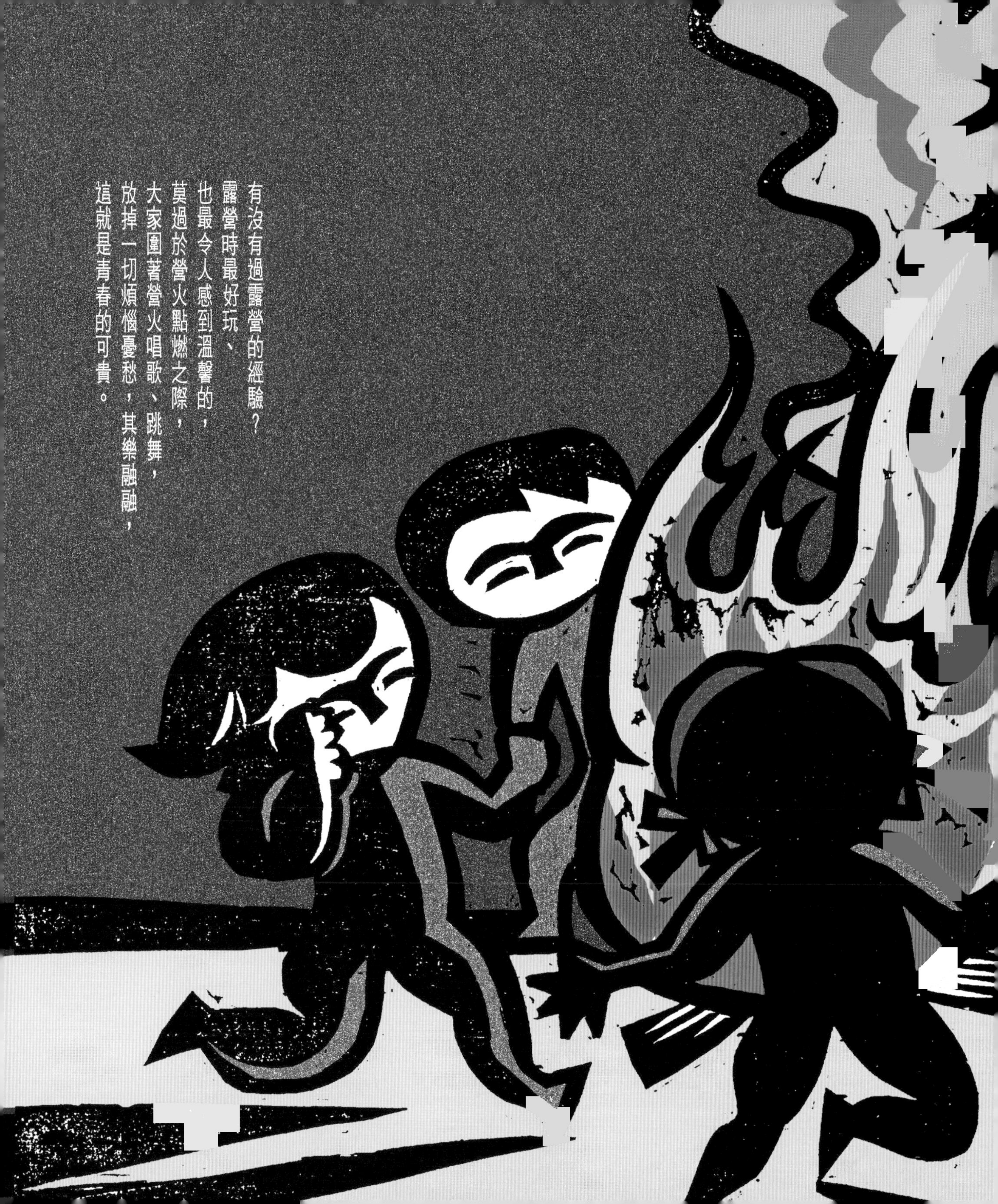

風聲

葉子細細碎碎地在樹叢中攀肩招呼
塵沙懵懵懂懂地在馬路邊低頭埋怨
花瓣醉醉醺醺地在枝幹間摩娑細語
鈴鐺輕輕快快地在屋簷下大聲喊叫
窗簾扶扶攜攜地在窗紗前偷咬耳朵
一張列印出來的紙搖頭晃腦地在書桌上吟誦我剛寫成的詩

啊哈，這無所不在的風聲

怎麼樣才能聽到風的聲音呢？
風聲無所不在，在葉子搖動時，
在塵沙飛揚時，在花瓣招展時，
在風鈴響時，在窗簾動時。
無所不在的風聲，
等待我們細心聆聽。

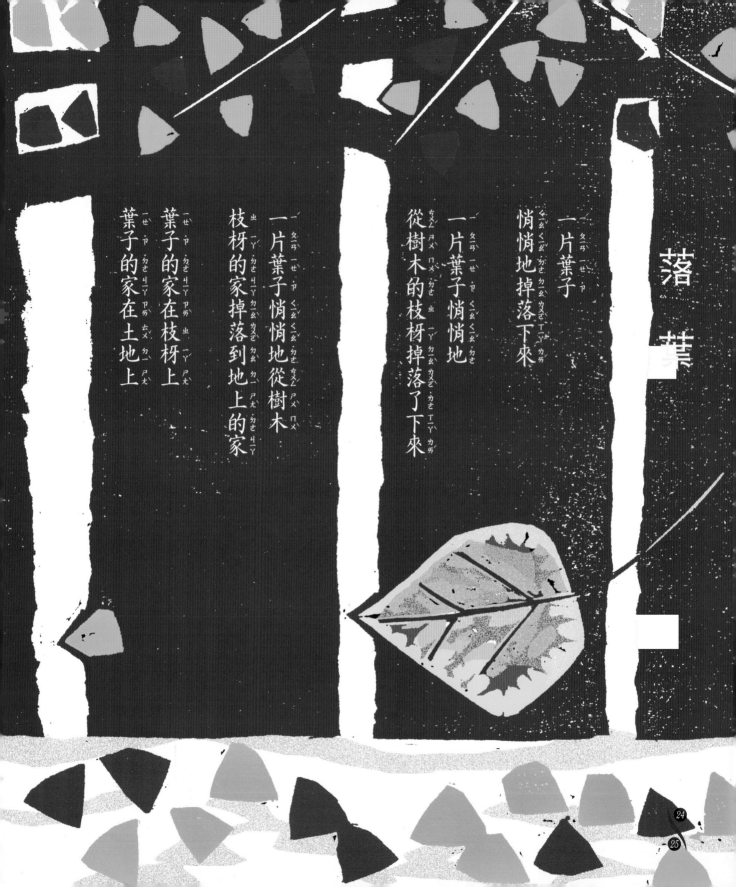

落葉

一片葉子
悄悄地掉落下來

一片葉子悄悄地
從樹木的枝枒掉落了下來

一片葉子悄悄地從樹木
枝枒的家掉落到地上的家

葉子的家在枝枒上
葉子的家在土地上

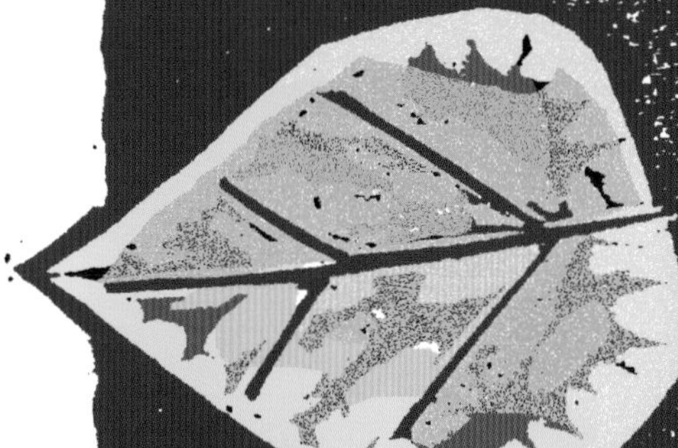

從枝枒到土地
從生存到死亡
從死亡到生存
從土地到枝枒
一片葉子
悄悄地綻開了新芽

葉子的掉落，
不代表生機的終結，
樹木是葉子的家，
土地也是葉子的家，
只要有家就有再生的希望。
人的命運也是，
落葉和新葉，由自己選擇。

溪中的巨石

小溪中巨大的岩石
水聲中靜默的岩石
總是在陽光的照耀中
不言不語的岩石啊

從什麼時候就這樣坐著
在水流的纏繞中這樣坐著
無視於蜻蜓的輕點
無視於水鳥的停歇
這樣坐著，從日出到日落的
不言不語的岩石啊

你聽到了我對你說的話
沒有？

小溪中巨石，
總是在溪水不斷
沖刷下不言不語，
從不被外在的
一切現象所干擾，
這首詩寫的是「我」
與這塊巨石的對話，
不曉得不言不語的
岩石聽懂了沒有？

爸爸

爸爸是小飛俠
我跌倒的時候
會立刻扶我一把
爸爸是大野狼
我調皮的時候
會狠狠瞪我一下
爸爸是木馬
洗完澡以後
我騎在他背上笑哈哈
爸爸是石膏
看書的時候
我怎麼叫他　都不說話

爸爸也像太陽
捉迷藏的時候
再暗的角落都被他照亮
爸爸也像月亮
散步的時候
陪我走過大街小巷
爸爸也像星星
睡覺以前　說完故事
替我點亮床前的燈
爸爸　嗯　爸爸也像燈
很多我不懂的地方
都請他為我說明

爸爸是什麼？
爸爸可能是小飛俠，
可能是大野狼，
也可能是木馬或石膏像。
但不管爸爸是什麼、像什麼，
爸爸都是我們的最愛。

囚【圖像詩】

團困圍團團困圍團團困圍團團
團　　　團　　　團　　　團
圍　　　圍　人　圍　　　圍
困　　　困　　　困　　　困
團困圍團團困圍團團困圍團團
團　　　團　　　團　　　團
圍　　　圍　人　圍　　　圍
困　　　困　　　困　　　困
團困圍團團困圍團團困圍團團
團　　　團　　　團　　　團
圍　人　圍　　　圍　人　圍
困　　　困　　　困　　　困
團困圍團團困圍團團困圍團團

這是一首「圖像詩」，
用「團團圍困」這四個帶著框框的字
圍繞起來的「圍城」把城中的人圍困住了。
「囚」這個象形字，不也是這樣的嗎？

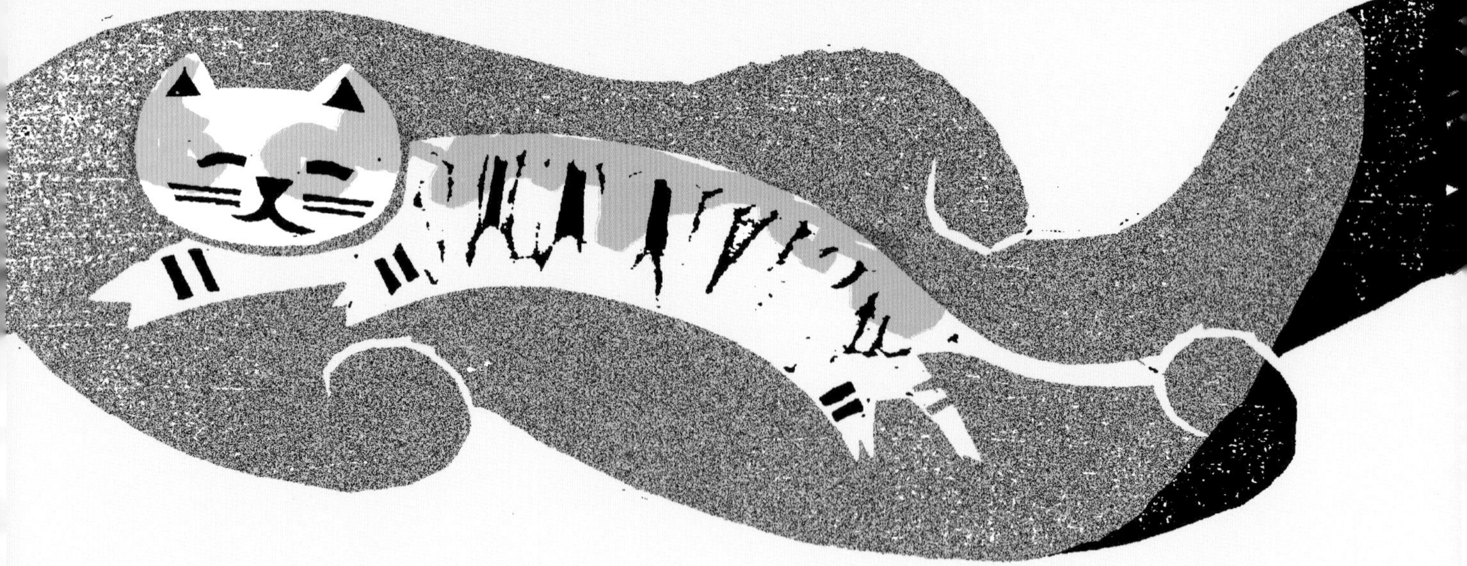

秋天的聲音

霧躡著貓的腳步走過來的聲音
是秋天的聲音
楓葉悄悄換上紅衣裳的聲音
是秋天的聲音
月亮推開雲的窗簾的聲音
是秋天的聲音
花跳下水池的聲音
是秋天的聲音

秋天的聲音
是貓啣著一片薄霧行走的聲音
秋天的聲音
是飄落衣裳上的楓葉的聲音

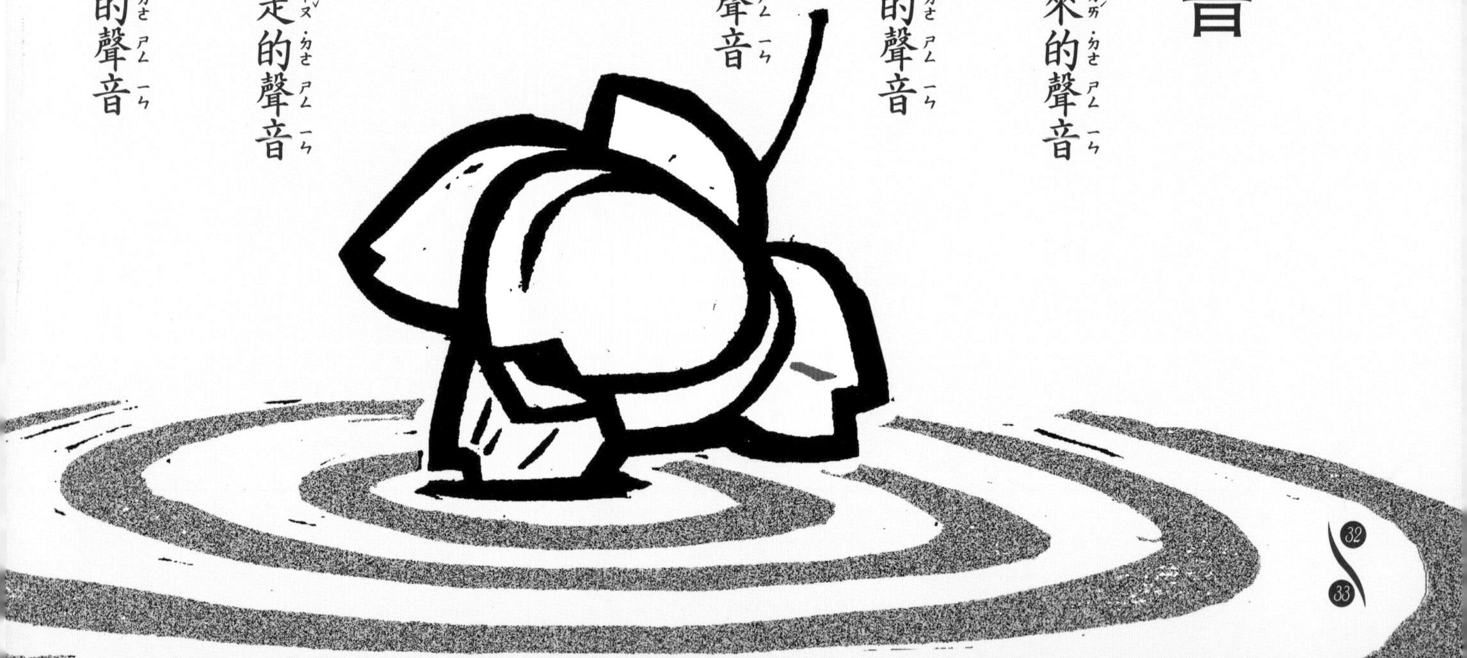

秋天的聲音
是雲一口一口咬下月亮的聲音
秋天的聲音
是水池親吻小花的聲音

秋天和春天不一樣，
秋天有著神祕、蕭條的感覺，
秋天的聲音因此也好像是
霧躡著貓的腳步走過來的聲音，
楓葉悄悄換上紅衣裳的聲音，
月亮推開雲的窗簾的聲音，
花跳下水池的聲音；
反過來聽也是。

雨落在街道上

雨落在街道上
把地面當成鼓來打
彷彿街道是她的舞池
隨著鼓聲起落
她在街道上飛舞

雨落在街道上
把屋頂當成鈸來敲
好像街道是她的講臺
隨著鈸聲鏗鏘
她在街道上演講

雨落在街道上
把大樓的樓窗當成口琴吹
猶如街道是她的舞臺
隨著琴聲快慢
她在街道上歌唱

下雨的時候，
雨落在街道的感覺是特殊的感覺，
像鼓聲、像鈸音，也像琴聲。
雨天之際，雨就是大地最活潑的主人，
為我們演出大自然的樂章。

雪的水墨畫

我在大雪山玩雪
白花花的雪花白茫茫地堆下
把大雪山堆成和藹的老公公
他銀白的鬍鬚隨風飄動
我鮮紅的圍巾也跟著飄動

我在合歡山賞雪
灰濛濛的雪絮灰沉沉地灑下
把合歡山灑成銀灰色的容顏
他寧謐的臉上有著甜美的微笑
我躍跳的腳下踩著流動的音符

我在七星山看雪
輕飄飄的雪雨綿密密地落下
把七星山落成一幅水墨畫
烙在我的心版上
我環抱的雙手是它的畫框

有沒有看過雪，玩過雪？
在臺灣，看雪玩雪都得等冬天，
到高山上去。
這裡寫臺灣三個較著名的賞雪山區，
有雪的時候不妨去看看。

排隊的樹

一棵樹兩棵樹三棵樹四棵樹五棵樹
六棵樹七棵樹八棵樹九棵樹十棵樹

樹樹樹樹樹樹樹樹
樹樹樹樹樹樹樹樹
樹樹樹樹樹樹樹樹
樹樹樹樹樹樹樹樹
樹樹樹樹樹樹樹樹
樹樹樹樹樹樹樹樹
樹樹樹樹樹樹樹樹
樹樹樹樹樹樹樹樹

由左至右排列整齊的樹站在高山上
從上到下對正劃一的樹站在風雨裡

這首詩很怪是不是？
第二段的方塊排列中種了橫八行、縱八排的樹，
算來共有八八六十四棵樹，
其實只是一種圖像的喻意，
象徵無窮的樹。臺灣多風多雨，
種更多的樹就能使臺灣的土地更有生命。

遺忘

當雨停歇下腳步時
雲朵才剛開始起航
留下來待在原地靜止不動的
是風
拋到地面的葉片。枯黃
並且不屑
於所有的湧動

雲，湧動
水，湧動
聲音，湧動
憶念，湧動
還有那些生命中難忘的臉容
都像漣漪一般地
湧動
最後連遺忘也漣漪一樣
迅疾地湧動開來

常常忘東忘西，
最後連「遺忘」也忘掉了。
在人的生命歷程中經常湧動著
各種風景、事件和臉容，
讓我們想念、回憶，
但最後往往還是會被我們遺忘，
只留下與我們最切身的記憶。

臺灣的孩子

臺灣的孩子
在淡水河邊歌唱
海峽的風拂動他們的衣裳
為他們打造的城市正逐漸茁壯
湛藍的天空俯瞰他們細小的足跡
美麗的世界等待他們開創

臺灣的孩子
在濁水溪旁歌唱
高聳的中央山脈含笑聆聽他們嘹亮的嗓
劃破天際，風一般吹過田舍與農莊
滿天的星星偷偷記下他們睡前的希望
醒來張眼就看到燦爛的陽光

臺灣的孩子
在高屏溪上歌唱
亮麗的平原翻動著稻穗的金黃
黝黑的肌膚在椰子樹下發出光亮
大海伸出雙手擁他們於壯闊的胸膛
乘風破浪，他們寫下臺灣的夢想

臺灣的孩子，在淡水河邊歌唱，
在濁水溪旁歌唱，在高屏溪上歌唱。
臺灣的孩子，是臺灣的明天和希望，
用這首詩祝福你們，未來的國家主人。

冬的祈禱詞

落葉在蕭索的風中流下
雨一樣的淚珠
向著瑟縮著脖子的枝枒說
我將成為明春最早綻放的
第一朵花

冬天往往讓人感到落敗或衰頹，
落葉、蕭索的風、淚珠般的雨、
瑟縮著脖子的枝枒，
彷彿都在訴說著「絕望」，
但是從另一個角度看，
它們何嘗不是醞釀明春第一朵花的動力？

迎接

白日用朝陽的眼神迎接新生的嬰兒
黑夜用明月的嘴唇迎接亡故的靈魂
青山用溪河的歌聲迎接翠綠的莊園
大海用波濤的合奏迎接四方的匯流

在殘敗的廢墟上，我們迎接礫土培栽的新芽
在死亡的浩劫中，我們迎接灰暗點亮的微光
在狂暴的風雨裡，我們迎接陰寒凝成的火種
在愁苦的災難下，我們迎接命運寫就的樂章

雙腳，站起來，迎接不再屈膝跪伏的路
雙手，闔起來，迎接不再斷裂破損的地
張開不再緊閉的眼，迎接我們張開的湛藍的天
擦亮不再蒙塵的心，迎接我們擦亮的世紀的臉

這是一首為九二一大震寫的詩，
臺灣在九二一地震的破壞下受到嚴重創傷，
但必須站起來，用迎接的心，
迎接打擊和災難，站起來，
才能迎接湛藍的天空和新世紀的臉。

寫詩的人

向陽

向陽，有個奇特的本名「林淇瀁」，「淇瀁」來自《孟子》中的一句話「良心貴得其養」，因為他爸爸認為缺「水」，於是在「其養」兩字身旁各加三點水，使向陽讀書寫名字時總要比別人多花點力氣。

向陽出生在臺灣中部的鹿谷鄉，一個風光秀麗的山村，他十三歲時開始寫詩，到現在已經四十多年，二十一歲時用臺語寫詩，二十七歲擔任報社副刊主編，二十九歲得到國家文藝獎，三十歲那年受邀到美國愛荷華大學參加「國際寫作計畫」，三十二歲時成為當時全國各報最年輕的總編輯，前後在報界服務了十五年；目前是臺北教育大學臺灣文化研究所副教授兼所長。

這是向陽繼第一本童詩集《我的夢夢見我在夢中作夢》之後，特別再為臺灣孩童寫的第二本童詩集，希望讓九到九十九歲的「孩子」們都喜歡。

畫畫的人

何華仁

何華仁，二十多年前開始接觸賞鳥，至今一直沉迷於大自然的野鳥天地。

多年來的創作大多與鳥相關，並以精密的彩繪及質樸的木刻版畫繪製《台灣溪澗的鳥》、《台灣鳥木刻記實‧記實六十》、《穿紅背心的鴨子》（獲金鼎獎）、《鳥聲》、《台灣野鳥圖誌》、《鳥兒的家》（獲第二屆小太陽獎最佳插圖獎）等多本圖書。

何華仁與向陽為報社多年同事，此次特別越界為其童詩集配圖。